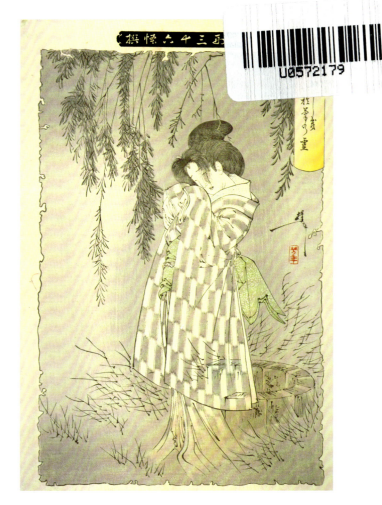

U0572179

月冈芳年《新形三十六怪撰》皿屋敷阿菊之灵

画面中的女子是日本有名的女鬼阿菊，她生前是某个大户人家的婢女，其主人珍藏有十个盘子，因不小心打破了其中一个盘子，被砍下了一根手指作为赔偿并囚禁，逃脱后投井自尽，化作鬼魂每天晚上数盘子，"一个……两个……三个……"，数到第九个就开始哭，然后再次从头开始数起。

阿菊的传说曾在《半七捕物帐》中的首篇《阿文来了》出现。

扬洲周延《东锦昼夜竞》

　　画面中的妖怪是化猫。日本民间的化猫传说源远流长。顾名思义，化猫是猫变化而成的妖怪，传说家猫如果被虐待而死或是年老哀亡，都有可能变为化猫。化猫感情丰富，若身负怨气会疯狂复仇，若生前曾被主人善待，也会坚定地守护在主人身边。

　　化猫的传说曾在《半七捕物帐》中的《后巷的妖猫》一篇中出现。

收录于歌川国贞《见立七福神》

见立是模仿、描摹的意思。画面中的女子为日本七福神之一辩才天女，是掌管艺术之神，原型是印度教创世者梵天的妻子辩才天，名字是萨罗斯瓦蒂，为掌管知识、艺术、财富的女神。

辩才天女的传说曾在《半七捕物帐》中《辩天姑娘》一篇中出现。

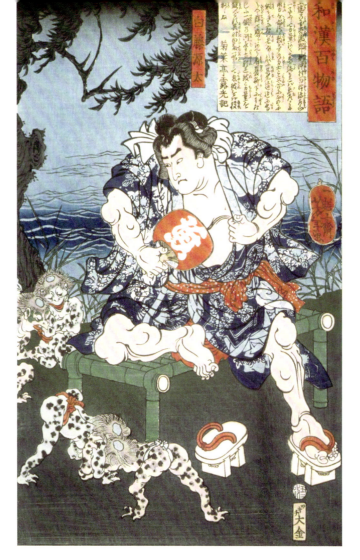

收录于月冈芳年《和汉百物语》

画面中描绘的是相扑力士白藤源太大战河童的场景。据说白藤源太曾于夏柳下遭河童拦路竞力，却被他一掷毙命。

白藤源太大战河童的传说曾在《半七捕物帐》中的《父亲的秘密》一篇中出现。

月冈芳年《新形三十六怪撰》茂林寺之分福茶釜

　　画面中的妖怪是茂林寺狸猫精，他隐藏自己妖怪的身份，化为人身在茂林寺当和尚，法名守鹤。守鹤有一口神奇的锅，战乱缺少水源之时，守鹤用此烧水，锅中不见水少，引起人们的称赞，众人称这口锅为"紫金铜分福茶釜"。但是随着时间流逝，和尚们发现守鹤一直没有圆寂，且房间长满了芒草，书册散落一地，墙上裂痕斑斑，守鹤也毫不在乎，因此怀疑起守鹤的身份。有人便暗中观察守鹤，某天中午，发现守鹤整个人变成了狸猫的模样，趴在桌前午睡。此画正是取自这一幕。

　　守鹤的传说曾在《半七捕物帐》中的《狐与僧》一篇中出现。

月冈芳年《清玄堕落之图》

画面中的女子为樱姬，男子为清玄。女子樱姬出生于武士吉田家，因全家被贼寇杀害并被劫走了传家珍宝而心灰意冷，打算出家，遇上前世的恋人和尚清玄，清玄认出樱姬，将她安置于草庵中。但樱姬并未认出清玄，反而爱上曾强暴过自己的盗贼权助，与其结合后被僧人误以为是与清玄淫乱。清玄被赶出寺庙，见到樱姬与权助，心生恨意，与权助争执间意外自杀。权助带着樱姬私奔，樱姬为谋生计做了妓女，但日日饱受清玄阴魂的纠缠。某日权助出门，清玄之灵再次出现，向樱姬诉说爱意。权助大醉回家，借着酒意坦白了自己就是杀死樱姬全家的凶手之一，樱姬气愤之下，杀死了权助与她和权助的孩子，并且夺回家族珍宝，复兴了吉田家。清玄的阴魂也再没有出现。

月冈芳年《清玄堕落之图》所绘的是清玄抱着樱姬衣服思念樱姬的场景。

清玄樱姬的传说曾在《半七捕物帐》中的《京都来的女行者》一篇中出现。

收录于歌川国芳《东海道五十三对》

　　画面中的妖怪为海坊主，又称海法师、海入道，日本传说中一种居住在大海中的妖怪，形象为一个体型硕大、全身黑乎乎的光头和尚。一般会在暴风雨或傍晚时出现于海面上，向渔夫索要捕获的鱼，否则会吐出粘液或掀翻渔船。"坊主"在日文中意为和尚。

　　妖怪海坊主的传说曾在《半七捕物帐》中的《海坊主》一篇中出现。

歌川国芳《相马谷内里》

　　画面中的巨大的骷髅妖怪为泷夜叉姬利用蛤蟆精灵传授的妖术，操纵的巨大骸骨"饿者骷髅"。与其对战的是大宅太郎光国，江户时期山东京传所著话本《善知安方忠义传》中的人物，源赖信的家臣。

　　大宅太郎的传说曾在《半七捕物帐》中的《柳原堤女妖》一篇中出现。

月冈芳年《新形三十六怪撰》四谷怪谈

　　画面中的女子为日本著名怪谈《四谷怪谈》中的女鬼阿岩，她的丈夫是家住杂司谷四谷町的浪人伊右卫门。夫妻俩生活潦倒，阿岩被迫卖身。伊右卫门为了出人头地，决定与另一富家女结婚，并毒杀了阿岩。阿岩死后化身幽灵复仇。《四谷怪谈》是由日本元禄时代的真实事件改编而来，本是鹤屋南北四世于公元1825年写成的歌舞伎剧，原名《东海道四谷怪谈》，历来被认为是日本最著名的怪谈，对日本恐怖文化影响深远。

　　阿岩的传说曾在《半七捕物帐》中的《柳原堤女妖》一篇中出现。

月冈芳年《罗城门渡边纲斩鬼腕之图》

画面中描绘的是渡边纲在平安京罗生门斩鬼的场景。渡边纲是日本平安时代中期武将，赖光四天王之首。相传他曾讨伐盘踞在平安京罗生门的鬼，在激烈的战斗后砍下其一只手臂。

渡边纲的传说曾在《半七捕物帐》中的《"直呼啦"怪闻》《唐人饴》等篇目中出现。

收录于歌川国芳《见立二十四孝》

    画面分为两部分，上半部分是中国东汉时期的孝子姜诗，为给母亲取江水治眼而受尽磨难，上天感动，便为其在院中变出泉水。而下半部分的女子则是日本传说中的女狐，稻荷大明神的第一神使，她与救命恩人安倍保名生下童子丸——即日本著名阴阳师安倍晴明，然而由于不慎露出真身，便不得不返回森林。画面中的葛叶正凝望着河水，思念自己再也无法相见的孩子。

    歌川国芳在此画中突发奇想，将毫无关系的姜诗与葛叶同置于一幅画面，让他们心中共同流淌的淳朴真挚的母子亲情，打破时间与空间的桎梏，凸显出这份人间至美至纯之爱。

    妖怪葛叶的传说曾在《半七捕物帐》中的《妖狐传说》一篇中出现。

月冈芳年《平惟茂户隐山鬼女退治之图》

画面中的女鬼为信浓国户隐山女鬼红叶，男子为平惟茂。女鬼红叶在户隐山中带着手下女妖聚会，一日在山中遇上入山狩猎的豪杰平惟茂，假意装作贵族人家的女官，邀请他参与宴会，并灌他美酒。平惟茂喝得大醉，梦中八幡大神赠了他一把神刀，告诉他："该女子是女鬼红叶，作恶多端，一定要斩了她。"平惟茂从梦中醒来，手中横着一把长刀，片片枫叶从头顶落下，而他背后正是伺机偷袭的红叶。平惟茂假意酣睡，实则眯着眼睛，从杯中酒面上看到红叶的真容，赤面獠牙的恶鬼。红叶瞄准时机，正要出手，平惟茂跳起来一举击杀了红叶。

日本民间有传言，枫叶之红便是由女鬼红叶的鲜血染就的。

女鬼红叶的传说曾在《半七捕物帐》中的《菊人偶往事》一篇中出现。